KB161321

어머니께 드립니다.

미역 짐 지고 오신 바다

고혜영 시집

한그루

시인의 말

해녀의 품에서 자라 다시 바다로 왔습니다.
몸을 낮춰야만 생존할 수 있는 이곳 풀꽃들
마늘꽃, 쑥부쟁이, 순비기꽃 등이 섭지코지 바위틈에서 자란
답니다.
마늘꽃이 피면 하얀 물적삼 입은 해녀들이 미역 따는 소리가
들립니다.
샛바람 불면 올림이 건지는 어머니 뒷모습이 보입니다.
휘파람새 노래에 해녀들 숨비소리를 듣습니다.
짭짤한 미역 향기로 고달팠던 추억을 더듬기도 합니다.
"숨비역 숨 ᄀ솟ᄀ솟허는 바당"
3년 전 아흔의 어머니는 칠십 년의 물질생활을 은퇴하셨습니다.
언제부터인가 그 섭지 바다가 삼장 육구 시조 정형률로
이 여식의 가슴에 울렁이기 시작했습니다. 이와 때를 맞추어
제주해녀문화가 마침내 인류무형문화유산으로 유네스코에 등
재됐습니다.
어머니가 그 중심에 서 계심이 자랑스럽습니다.
모처럼, 시조라는 문학 장르를 통해
어머니 삶 더 나아가 해녀들의 삶을 노래할 수 있어서
참 좋았습니다.

2020년 10월

목차

제2부

어머니 / 구덕 속에 크는 바다

제3부

바
다
／
바
람
을
제
편
에
두
고

제4부

나
/
나
도
해
초
였
구
나

*작품 속의 제주어는 하단 주석에 그 뜻을 밝혀 놓았습니다.

제1부

고
   향

／

바
람
의
  언
덕

내 사랑 섭지코지

촐래 반 모래 반으로
밥 한 상을 차리는 아침

바다에서 건져 올린
감태 빛 성산포 바다

내 사랑 섭지코지가
수반 위에
놓인다

* 촐래: 반찬.

내 고향 신양 마을

일천구백오십일년 신양이라 이름 짓고
'섯동네' '동동네' '동모르왓' '섯모르왓'
열십자 정을 나누며 사람들이 살아요

족은 물미 동쪽 해안 '방듸'의 옛 이름
바다를 사이에 두고 모래언덕 병풍 삼아
선바위 선돌 오가며 바위처럼 살아요

손바닥 펼친 모양 동쪽 끝에 붙은 마을
바다로 생을 푸는 '방뒤코지' '섭지코지'
오늘도 순비기처럼 갈퀴질에 바빠요

'방듸'라 불리었던 옛 이름의 신양 마을
조개인 양 지붕하고 어깨동무 하는 마을
돌 위에 군벗 딱지로 다닥다닥 크던 마을

길이 이백오십 미터 너비 팔십 미터
신양리 섭지코지 곶부리 해안선에
도요새 휘파람 소리가 겨울이면 들려요

협자연대 올라가 한라산을 향해 서면
대기업 리조트 건물 눈 가리며 다가오고
낮은 키 유채꽃들이 몸 둘 바를 몰라요

봄나들이 나왔다고 쏼라쏼라 먼 나라 말들
인도네시아 중국 미국 일본 나라 찾는다는
다국적 해산물 좌판이 상종가를 치지요

• 군벗: 군부(딱지조개).

동제주 봉천수가

물처럼 살라시던 삶이 그대 자화상이더라
유유히 하천에 드는 동제주 봉천수가
썰 밀물 들고나는 듯
추억 속에 고인다

새치머리 사이사이 하얗게 부서지는
이야기꽃 피다 접다 부챗살로 펼치는 바다
오늘은 하얀 백지에
순비기 꽃 피었다

순비기 놀던 바다

해초가 되었다가 소라가 되었다가
바위가 되었다가 파도가 되었다가
열 살 적 대바구니에 보름달이 또 뜬다

추석 날 오후 들면 섭지 마당 모두 모여
발야구, 오자미 놀이에 손뼉 치던 그 바다
이제는 재벌 회장님 놀이터가 되었네

발야구가 선수였던 육지로 간 희자야
사십 년 그 세월 '칭원허게' 울던 바다
추석 날 친구네 들러 안부라도 물을까

바다로 통하는 길 그 친구가 살던 집
가다 오다 모여서 소라껍데기 까던 바다
푸른 꽃 그 순비기가 귀동냥에 바쁘네

친구 집 갓 넘으면 동산 넘어 순비기 밭
푸른 꽃 진 자리에 검은 눈물 흘리던 바다
향긋한 열매 방울이 주머니를 채우고

순비기 열매 따다 숨바꼭질 놀이에
땅에 바짝 엎디어 순비기로 숨으면
지나던 하늬바람이 이파리를 보탰지

* 칭원허다: 원통하다, 서럽다.

바다 출석부

'아꼬시' 돌구멍에 바릇 잡던 술래잡이
'오등애' 바위여에 해초 김 나풀나풀
유년의 이름표들의 출석부를 부르면

'질러리' 포구 따라 "자리 삽서!" "자리 삽서!"
'원개' 바당 고름 풀고 젖 물리던 어선 두 척
그중에 절반 이상이 그 길 뜨고 말았네

'곰돌랭이' 돌고래가 고랑 이랑 밭을 갈던
섭지코지 소나무 지들거리 보달치던
순비기 관절염 다리로 해풍 품어 산다네

• 바릇잡이: 얕은 바닷가에서 해산물을 채취하는 행위.
• 지들거리: 땔감.
• 보달치다: 일정한 크기로 모아 묶다.

성산포 쑥부쟁이

바다에선 파도 소리
뭍에서는 바람 소리

신양리 아이들은
소라껍데기 귀를 열고…

보라색 작은 배꼽을
하늘 향해
열었다

소라처럼

내 고향 섭지코지 외풍이 계속 분다

밭 길 학교 길엔 빌딩 숲 거들거리고

집 몇 채 납작 엎드려 소라처럼 긴단다

마파람에 실려 온

날개 달린 곤충 보면 장마가 끝난다지
호박순 곧추 서면 큰 태풍이 온다지
성산포 일기예보가 바다 닮아 참 파래

물속은 아직 찬데 치매 걸린 요즘 장마
비 왔다 선선했다 더위 타는 요즘 장마
어젯밤 마파람 타고 '식게' 집에 온 장마

• 식게: 제사.

샛바람

동쪽에서 부는 바람 고향 바람 울 엄마 바람
육십 킬로 마다 않고 육십 년을 마다 않고
한숨에 달려온 여인이 마당에 와 몸 푼다

바다에서 부는 바람 눈물 젖은 놀 바람
바람이 물기를 먹고 물기가 바람에 젖어
꽃들도 짠 기를 털며 돌담 옆에 기대고

샛바람 부는 날엔 우리 마당 파도가 쳤지
어머닌 긴 장대에 그 바다로 나가셨고
올림이 감태 모자반 막대 하나 달랑이

파도가 밀어주고 어머니는 당겨내고
일출봉 발아래엔 밀당 놀이 한판 춤이
춤 한판 펼치고서야 감태 한 칭 주시던

어머닌 늙었어도 바다는 늙지 않아
그때 그 놀 바람 벗처럼 찾아와선
뼛속에 스며든 기억을 다시 불러 세운다

울 엄마 아실 거야 샛바람 부르는 소리
습관처럼 전상처럼 관절염 아픈 다리로
지금쯤 긴 장대 차고 바당 앞에 섰을 거

• 올림이: 바람에 해안으로 떠밀려 온 해조류 더미.

마늘꽃 - 그때 그 섭지 바다

흰 적삼 흰 수건 테왁망사리 어깨에 메고
신양리 해녀들이 미역 해치 가는구나
"들라~ 땅!" 호각소리에 바닷길을 달리며

까만 돌 까만 바위 해녀 꽃 피는 바다
와자자 바다에 들면 숨비소리 피는 바다
"호호이!" 섭지 바당이 휘파람을 분단다

밭에는 보리 익고 해녀 가슴엔 사랑이 익고
바다엔 꽃들이 피고 해녀 가슴엔 눈물이 피고
하얗게 업개 머리에 찔레꽃도 피었지

* 테왁: 해녀들이 해산물을 채취할 때 사용하는 부력(浮力) 도구.
* 망사리: 해녀들이 채취한 해산물을 넣어두는 그물망.
* 해치(허치): 일정 기간 채취를 금하였다가 날을 정하여 다시 채취를 허가한다는
  '허채'를 의미함.
* 숨비소리: 해녀들이 물질할 때 깊은 바닷속에서 해산물을 캐다가 숨이 턱까지 차
  오르면 물 밖으로 나오면서 내뿜는 소리.

바다 내음 젖 내음

갯마을 사람들의
바다 내음은 젖 내음

골목 어귀 들어서면
코끝으로 스며드는

어머니 맨발 마중에
바다 안부
건네고

일출봉 앞섶 마을

종일을 철썩대며 응석받이 하던 바다
저녁이면 한 평 방 바구니 건너온 바다
오 형제 모여 앉아서 바늘 보말 깐 바다

떠나와 사십여 년 옆에 와 펼치는 바다
쏴아 쏴 가슴 쓸며 백지 위에 몸을 풀면
일출봉 앞섶 가슴엔 달빛 가만 내려요

* 보말: 고둥.

바람의 언덕

내 고향 둔덕에는 바람 식구 산다지요
싱아 꽃 방풍 꽃 순비기 꽃 피는 언덕
관절염 두 다리 앓은 늙은 게도 살아요

"허어엉 허어엉" 숨어 우는 바람 소리
엊그제 벽에 와서 그 소리로 울었지요
혹시나, 창문을 여니 마늘꽃이 와자자

태풍 '솔릭' 왔다 간 날 마당 안이 도란도란
흰 적삼에 테왁 지고 물질 나갈 울 어머니신가
미역 짐 부릴 언덕에 샛바람만 불어요

일출봉 방아깨비

일출에도 꾸벅꾸벅 일몰에도 꾸벅꾸벅

신양리 섭지바당에 애기업개 하던 말축

어느새 사라봉 자락에 춘추복을 입었네

* 애기업개: 아기를 업고 돌보아주는 일을 하는 업저지.
* 말축: 메뚜기.

태풍 부는 날

농사 걱정 사람 걱정
동쪽으로 오는 태풍

삼 년생 귤나무가
뿌리째 뽑히던 날

성산포 섭지코지에
등대불이
아팠다

백중

신양리 바닷가에 반딧불이 날아왔다

순비기 꽃 송이송이 보라 등을 내걸었던

백중날 '불란지' 불도

그 바다에

피었지

---

* 불란지: 반딧불이(개똥벌레).

제2부

어
　머
　　니

／

구
덕
속에
크는
바
다

아흔의 봄

오늘은 망사리 가득 뭍 소식을 안고 온 봄
목줄 달린 교통카드 딸에게 보이면서
쪼르르 안경 너머로 깨알들을 읽습니다

"일흔 해 바당 속에 눈만 떵 이서 시난"
"세상이 다 보염저, 바당 속이 세상이여"
아흔 줄 성산포 봄이 미역 짐을 풉니다

장대 건져 올린 바다

아침 일찍 해 뜬다고 지는 해 깎아주랴
촌로의 밤잠 설친 등짐 따라 뜨고 지던
허기진 아침 바다가 조반상에 오른다

태풍 지난 자리 거품도 채 가시지 않은
파도가 던져주는 미역 감태 받아내면서
어머니 올림이 장대 건져 올린 그 바다

자식 보듯 달려가야 자식처럼 얻는다며
놀 불면 놀 부는 대로 물때면 물때대로
까맣게 빌레에 앉아 미역줄을 말린다

미역 줄기 마디마디 모래 위에 깔아놓고
올올이 펴던 주름 그 언저리 시린 바다
한참을 더듬거리던 생일상이 환하다

먼 길 돌고 돌아

먼 길을 달려온 파도 바위로 와 부서진 날
할 말이 있다시며 다섯 자식 찾아온 바다
지워진 입술 선 타고 햇살 실룩거린다

오일장서 샀다시며 운동복 바지 내미시다
만 원 지폐 한 장 대신 올려놓은 상조회 계약
돛단배 닻을 내리듯 풍랑 일렁거린다

곱실곱실 퍼머 머리 까만 살갗 태우시며
막내네 둘째네 들러 큰딸 집 오신 바다
관절염 굽은 다리가 미역처럼 마르셔

쏴아 쏴아 파도 소리 호이 호이 숨비소리
테왁 연철 물안경 허리춤 따라나선다는
팔십 생 까만 뒷덜미 눈썹 아래 와 계셔

소라 전복 캐어내듯 막내 아이 손잡으신
상처 날까 떨어질까 양손 양볼 비벼대며
화 안 한 햇살 한 줄기 의자 위로 오셨네

그 막내 아기 적에 맡길 곳이 없어 할 때
파도처럼 들려오던 '물기' '물기' 그 '물기'
저무는 섭지 바다가 밀물로 와 적신다

* 연철: 해녀들이 고무옷을 입고 작업할 때 깊은 바닷속으로 쉽게 잠기도록 허리
  에 차는 쇳덩이.

구덕 속에 크는 바다

한 겹 두 겹 물살이 백내장을 키웠구나
바다를 스치는 손 또 바다를 키웠구나
괭이 진 그 손바닥이 바다처럼 거칠어

한평생 등에 지던 구덕 속에 크는 바다
스티로폼 테왁 하나에 목숨 담보 쌓은 잔액
'송옥인' 통장 명의가 바다처럼 웃으셔

*구덕: 바구니.

미역 꽃 - 어버이날

날은 창창 좋아가고 미역줄기 파신다네
오월 연휴 나흘 동안 사람멀미 핑계 대며
올해는 왼쪽 가슴에 미역 꽃을 다신다

미역 꽃이 더 좋단다 울 어머니 가슴 꽃
섭지바당 언덕배기 까맣게 마르는 꽃
짜디짠 생을 불리며 하늘만큼 땅만큼

오 형제 탯줄 말리듯 바람결에 피는 꽃
발끝에서 머리까지 백 번 천 번 쓰다듬었을
육십 해 마름 솜씨가 오월 빛에 더 빛나

2014년 5월 5일

이모

바람기 떨림 따라 소금기 타는 고향
눌굽에 숨어 참던 둘째 이모 생전 모습
황조기 울먹거리다 어판 위에 눕는다

남겨둘 아들내미 바람에 날릴까 봐
아픈 췌장 끊어질라 숨겨둔 돈 건네시던
사월의 초사흘 달이 애간장에 녹는다

순비기 생애

아버지의 조반상에
바다 한쪽을 불러 앉혀

아침저녁 어두걱 볼각
팔십 생의 섭지바당

한겨울 순비기 닮은
그 생애가 보인다

* 어두걱 볼각: 어두웠다가 밝았다가.

좌판 펴는 바다

"더울 땐 풀어지곡 언 날은 오그라졍"

날아간다 날아간다 섭지코지 바람 분다

일출봉 주름진 바위가

저녁 해에

더 붉어

미숫가루 말투

사람도 나이 들면 갈색 옷이 더 어울려
할머니 팔다리가 미숫가루 같다 하는
막내의 노란 말투가
노을빛에 고와라

"이 자락 검은 줄 몰랐저 바당에만 살당보난"
남 볼까 부끄러워 팔토시 하고 오신 바다
수줍은 검버섯 하나둘
꽃 속으로 숨는다

미역 짐 지고 오신 바다

새벽부터 미역 짐 지고 큰딸 집에 오신 바다
여섯 시 삼십 분 출발 버스 타고 오신 바다
팔십 생 바다 양식을
툇마루에 내린다

내일이면 어버이날 미리 챙겨 오신 바다
일 년에 꼭 한 번은 대접받고 싶다시는…
몇 날을 바다에 나가
미역 줄기 땄을 거

어머니의 바다 밭은 일곱 식솔 창고란다
소라전복미역 따서 자식 공부시킨 바다
성산포 섭지 바당에
노을빛이 더 붉다

파마머리

도내 일주 간다시며 어촌계에 신청하고
미장원에 급히 들러 파마머리 예약하는
곱슬 진 인생 가락이 넘실넘실 춤춘다

"차 타곡 비행기 타곡 먹을 것 잔뜩 지곡"
"양말 켤레 요구르트 수건 누구누구 희사해줘"
한 짐을 받아 왔다며 파마머리 빗으셔

바다 사투리 - '해녀' 세계문화유산 등재

문화유산 등재되언 지꺼짐이 혼 망사리
울명실멍 바당 물에 목심 바쳥 살당 보난
짚은 물 생복 잡듯이 큰 거 하나 건졌저!

해녀증이 더 좋아 주민증보다 더 높아
허리춤에 숨겨놓고 자랑자랑 울 어머니
칠십 년 물 젖은 손에 산호초가 자란다

* 지꺼짐: 기쁨.
* 생복: 익히거나 말리지 않은 전복.

44

휘파람새

미역 짐 한 짐 지고 어머니 오셨나요
호이익 호이익 숨비소리 들리네요
조반상 차리다 말고 미역 짐을 받네요

해산 선물 준비하려 미역 바당 가셨나요
손녀딸 몸 풀 거리 당신 직접 따신다며
아흔을 앞둔 나이에 미역향이 실려요

어제는 칠십 노인 물질 사고 났다지요
뉴스만 듣는데도 가슴 철렁거리네요
아무 일 아무 일 없다고 휘파람새 왔네요

미역 철 사월엔 저들도 물질을 해요
깊은 바당 고향 바당 어머니 바당 그 물질
철사 줄 앓은 소리가 귓전에 와 울려요

비 예보 흐린 날에도 미역 물질하시나요

딸 녀석 잘 먹는다며 미역 짐 싸고 왔을

오늘은 그 휘파람새 숨비소리 아려요

어버이날 - 휘파람새 2

바다는 어버이날도 쉬지 않는다시며
마당에 온 휘파람새 오후까지 물질이네
오늘도 바다로 나갔을 어머니가 오셨나

카네이션 가슴에 달고 바다로 나가셨을
바다도 파란 가슴에 하늘빛 꽃 다셨을
바다랑 하늘 식구랑 마주 앉아 계실 거

바다야 파도야 형제 이름 부르면서
4·3에 스러져간 오빠 이름 부르면서
일출봉 '터진목' 모래 사각사각 쓸면서

나도 부모 너도 부모 삼대가 부모 모여
이틀 전 식구들과 점심 한 끼 하였다네
그보다 바다가 좋아 바다로 간 어머니

"호오익 호오익" 숨비소리 생의 소리
보리 철 골목길에 휘파람새 오는 소리
칠십 년 물질의 삶이 휘파람을 부르네

빨래를 널다 말고 힐끗 뒤를 돌아봐도
고향 바다 어머니 바다 올레 길을 저어 와서
아흔의 망사리 짐을 마당에 와 푸는걸

울 어머니

하루에 한 번씩
난초 꽃은 못 될지언정
하루에 한 번씩
향기 나는 말하며 산다는
울 엄마 웃음꽃 닮은
유채꽃이 환합니다

칠십 년 해녀 어머니
주판 잘 놓습니다
학교는 못 다녔어도
셈법은 빠릅니다
어머니 물질 좌판에
웃음꽃이 핍니다

어머니와 미역줄

가끔은 일출봉에도 눈물이 흐릅니다
억누른 가슴 터지듯 마른 폭포입니다
새하얀 어미 새 한 마리 꺼억꺼억 웁니다

"괜찮다, 괜찮다"시며 좌판 펴실 어머니
마른 미역 허리처럼 뻣뻣한 그 다리로
"사갑서" "미역 줄 삽서" 쉰 목소릴 냅니다

어제는 어머니 뵈러 바다로 갔습니다
마른미역 몇 줄 놓고 나란히 편 다리에
빨간색 무릎 담요가 친구 닮았습니다

어머닌 딸 왔다고 미역 한 단 건넵니다
하얀 비닐봉지 안에 가지런히 펼친 미역
일출봉 함께 불러와 기념사진 올립니다

가을 바다

"혜영아 잘 이시냐? 나여!" 하시던 목소리가
"그냥저냥 살암저 목숨만 붙어 있저"
구십 년 닳은 관절에 소리마저 낮춘다

어질 乂 한자 앞에 울 엄마가 생각난다
한평생 욕 한마디 내뱉은 적 없는 엄마
어머니 착한 심성이 하늘처럼 고와라

어제는 딸 덕분에 아픈 것도 사라졌대
"고맙다! 고맙다!"시며 휴대폰에 실려 온 가을
감나무 가지가지가 엄마 사랑이셨네

순비기 꽃

앉아서 엉치로 기는
울 어머니 닮은 꽃들

하늬바람 멍으로 피운
쑥부쟁이, 순부기 꽃

내 고향 섭지바당엔
앉은뱅이뿐이더라

바다 주름살

물질 작업에도 은퇴가 있으시대요
칠십 년 물질생활 퇴출을 당하던 날
울 엄마 흐르렁대며 바다처럼 우셨대

그날부터 울 엄마 섭지코지 찾으신대
갱이발 문어발 뒤뚱뒤뚱 걸음으로
일출봉 뜨고 지는 해 등짐으로 지신대

내 다린가 미역 다린가 마른 뼈 만지시며
오늘도 장판을 펴고 섭지 바다 파는 엄마
구십 년 뒤척인 바다에 주름살이 더 깊다

* 갱이: 게.

연꽃으로 오셨네

욕 한번 안 하시고도 평생을 사신 어머니
어머니 그 입술에 분홍 립스틱 바릅니다
아흔의 주름진 입술에 생기 살짝 돕니다

반평생 살고서야 늘어나는 어진 이 심성
꽃이었고 나비였고 천사이신 울 어머니
부처가 곁에 계셨네, 연꽃으로 오셨네

제3부

바
다

／

바
람
을
제
편
에
두
고

바다도 속을 비울 땐

"이월 초 영등할망 귀덕으로 들어오랑"
"보름 있당 나갈 땐 소섬으로 간댄 헌다"
바다도 속을 비울 땐
가슴 탕탕 치는걸

"영등할망 나가불민 보말 번찍 성게 번찍"
"해녀 어멍 밭고랑에 한걸허게 앚을 때쯤"
곧 아흔 바닷속에도
영등배가 떠난다

* 한걸허다: 한가하다.
* 앚다: 앉다.

음표 달고 우는 바다

모자반 파래 가시리 귀 익은 이름표로
가시리 가시리잇고 음표 달고 우는 바다
아이의 마른 가슴을 꼼작꼼작 적시고

해녀 질 칠십 생 바다 귀신 된다시며
오늘도 유행가로 허리춤 추는 바다
갯바위 쑥부쟁이가 미역단을 말린다

한 평 반 햇빛가림 가랑가랑 걸쳐놓고
미역 톳 우뭇가사리 채반에 차린 바다
큰손녀 속 깊은 정에 지폐 한 장 거둔다

백중 불란지

칠월 보름 백중날
달 쟁반에 상 차린 바다

'머리 고진 제숙'
외양간 제사 지낸다며

'불란지' 산을 넘어와
호롱불을 켠다

바당도 할락산치룩

파도 넘어 들려오는
그 목소리 젖은 바다

"큰년아 잘 이샤?
이 서방도 잘 이시냐? "

팔십 생 어머니 바다가
철썩철썩거린다

두 달째 금지하던
소라 허치 시작 날

"바당도 할락산치룩
머리 풀엉 도라 왕"

어머니 어떵 헴신고
가슴 탕탕 헴실걸

바람을 제 편에 두고

바람을 제 편에 두고 푸른 꽃 진다는 거
그 깎여 온 바위 위로 바람이 분다는 거
파도로 목도리 감고 절뚝절뚝 오는 바다

바다에 억새 피더라 들판에 파도치더라
섬 가운데 섬 앉히고 저들끼리 주고받는
용눈이 오름 자락에 격자 놀이하는 소

바위섬 시리운 듯 두어 겹 감아 돌아
바다도 목도리하고 그곳에 와 서성이는
심드렁 '섭지' 바다에 온열매트 켜볼까?

바다에 금줄을 걸고

동쪽의 바다 나라 갈색 금줄 걸었더구나
목숨 걸고 피어나는 해초들의 출생 방식
이맘때 부는 바람엔 미역 향이 실린다

이월 보름 물기에는 미역 따러 가시겠지
정게호미 집에 두고 숨은바위 더듬으며
손녀의 해산 소식을 바다에서 듣겠지

어제는 보름달이 넷씩이나 떴더구나
하늘 달 딸아이 달 며느리 달 시어머니 달
달달 달 배냇저고리 미역 탯줄이었어

* 정게호미: 해녀들이 바닷속에서 해초를 베어낼 때 쓰는 낫.

바다도 돌아눕고

세월호 침몰 소식에
섭지바다가 우울하다

테왁이랑 비창이랑
동트기 전 다 거두고

물안경 흐린 시야에
바다 돌아
눕더라

* 비창: 해녀가 바닷속에 들어가서 전복을 캐는 데 쓰는 길쭉한 쇠붙이로 된 도구.

바다 패랭이꽃

이 나이 육십 즈음 부모 이별 나인 거야
어제는 친구 어머니 하늘나라 가셨다네
단톡방 카톡 소리가 파도 되어 일렁여

칠십 살 해녀가 물질 사고로 뜨셨다는
신문지상 사회면이 오늘따라 어둑하여
휴대폰 폴더를 열고 이오육팔 누른다

"어머니 지금 어디 계시꽈?" "나? 섭지코지!"
어제도 오늘도 섭지 바다 등짐 지시는
바위 옆 갯 패랭이가 "천 원! 만 원!" 하는 날

고모님의 헤어스타일

바람이 곧 밥이요 탁 트인 바다가 집안이래
해남으로 물질 가신 고모님의 안부 전화
장마기 전화선 타고 자맥질을 하신다

삼십 년 육지 살이 남는 것은 몸뿐이래
혼백 상자 등에 지고 파도를 밥으로 먹는
오달진 삶 끝자락에 조카 이름 부른다

거친 물결 시달리며 미역처럼 사셨을 거
물속 깊은 세월에 가까스로 뿌리내린
고모님 파마머리가 미역귀를 닮았다

조간대 바릇잡이

'머흘밭'에 큰 돌멩이
'빌레밭'엔 암반 덩이

'웃밭'엔 파래 가시리
'고메기밭'엔 보말이

바다가 좌판을 열고
만물상을 펼친다

파도가 지난 자리

삼월 바다가 마당 밖에 와 눕습니다
미역 향 망사리 가득 등짐으로 실려 온 봄
청보리 가득한 이랑 손이 동동 시린 날

봄이면 바다에도 보릿고개 있답니다
영등할망 다녀가신 저승길 바닷길 건너
연둣빛 이랑이랑에 봄 파종을 합니다

어머니 좌판에는 미역 줄기 오릅니다
햇살 먹은 한라봉 그 옆에 와 앉습니다
바다도 손을 거들며 봄 농사를 짓습니다

바다의 삶

일출봉 앞바다에
밀려왔다 밀려가는

바람의 현악기가
손 기타를 칩니다

쏴아 쏴 고향 바다도
잔주름을 폅니다

일출봉 꼬박꼬박

나이가 육십이면 하산 길도 가파르다
일출봉 꼬박꼬박 해가 지고 뜨던 날들
까르르 웃는 파도에 서러움만 실리고

"어디 이시니? 서울서 아이 봄시냐?"
유행가 비행기 타고 딸에게 온 어머니 전화
제주산 여자의 일생이 파도처럼 흐른다

가리비

신양리 모래사장에
꼭꼭 숨어 살던 조개

가리비 그 한 쌍이
우리 집에 와서 산다

내 고향 해 뜰 무렵의
부챗살을 펼치며

꽃의 길

물은 물의 길 바람은 바람의 길

산에는 산벚꽃 피고 바닷가엔 동백꽃 피고

엎디어 한 생을 기어 온

순비기도

꽃피고

환해장성

내 마음 바닷가에 종렬로 세워져 있는

오래된 돌담들이 성근 채 아직 남아

북서풍 짠 기를 털며

천 계단에

내린다

제4부

나
/
나도 해초였구나

나도 해초였구나

밤마다 머리맡에 파도 소리 들려온다
떠나 와 삼십여 년 까마득한 호흡 소리
어느새 흰머리 풀며
물장구를 쳐댄다

나는 떠나와도 바다는 그냥 있네
아침저녁 "얘야 얘야" 날 부르는 소리
나 잠시 그곳에 들러
빌레 위에 앉고 싶다

그 빌레 그 아래로 소라 성게 몸을 풀고
미역이랑 파래랑 물결 따라 춤을 추는
이제 와 돌이켜보니
나도 해초였구나!

* 빌레: 너럭바위.

맨발의 바다

제주 섬 동쪽 끝 코지에 걸린 마을
바다와 육지 사이 모래 둔덕 태반 삼아
짜디짠 동녘의 생을 유월 해에 푼 바다

듣지도 않을 거야, 말하지도 않을 거야
바다가 들려주는 바람 소리에 귀 열면
간간이 숨비소리가 바닷새로 들리고

눈 뜨면 밭에 가고 해 뜨면 바다 가는
열세 살 해안 따라 바다랑 함께 걷던
신양리 맨발의 바다가 머리맡에 또 왔다

* 코지: 곶(串).

신양리 노을

갯마을 아이들의 장난감은 소라껍데기
검지 중지 힘을 모아 소라 뚜껑 밀쳐내면
한 뼘씩 그리는 꿈이 하늘만큼 땅만큼

가슴에 바다를 담아 도시로 간 소녀야
조가비 목걸이에 파도 같은 목걸이에
신양리 노을 바다가 섬 자락에 놓인다

산자락에 발 내린 조가비 지붕들이
바람 앞에 엎딘 그곳 둥둥둥 고동 소리
어머니 짜디짠 바다가 수평선을 두른다

산통 그칠 날이 없는

하루해 여는 아침 산통 그칠 날이 없네
양수 터진 물결 위로 건반 치며 우는 바다
딩딩당 숨결에 떠는 바람 앞에 서 있다

철썩철썩 회초리 들고 새벽 바다 깨우는 아침
당겼다 밀려간 파도에 아이라인 그리다 마는
민낯의 가을 해변이 갈팡질팡거린다

지루한 여름의 끝 탄식하는 저 파도랑
모래밭 맨발 차림 걷다 보면 나아질까
속 하얀 조개껍데기 저도 따라나선다

유턴 길

돌아서자 돌아서자 수천 번 되뇌었을
일출봉에 밀려와서 섬 벽을 허무는 파도
유턴 길 고향 바다가
뒷걸음질 친단다

이 나이 고향 길에 유턴의 도로가 없네
이모님 가슴 통증 손으로 쓸다 남겼을
이 빠진 강아지풀이
손을 끌며 오란다

일출봉 꼬박꼬박 올레길 멈춘 곳에
따개비 주둥이 하고 달려오는 섭지 파도
저들도 시인이라며
모래밭에 뒹군다

유년의 구덕

갯마을 사람은 갯것들이 먹거리이고
산마을 사람은 들풀이 먹거리라면
일용할 양식 모두도 저들에게 얻는 것

보름날 일곱물에 학교에서 돌아오면
비창 호미 챙겨들고 대바구니 달랑대던
열세 살 구덕 속으로 보름달이 떠올라

바다의 트라우마

갓 돌 지난 애기구덕 모래 위에 남겨둔 채
물질 나간 망사리 따라 물에 빠진 옛이야기
어머니 소 울음으로
따라 울던 바다야

오십 년 지나도록 그 바다 무서워라
갯마을에 살면서도 헤엄 한 번 친 적 없는
바다의 트라우마를
이제서야 알겠네

기장 산 멸치만 봐도 물빛 글 빛 글썽이고
오후 5시 부산행 기차 태어난 時라네
울 엄마 가슴 바다에
젓갈 냄새 비릿해

바다 나이 육십 세

들것에 실려 나와 돌담 위에 싹이 돋은
해초, 바다, 가난 그리고 뿔 돋은 소라의 추억
육십 년 돌고 돌아서 울 마당에 부리는 날

접시꽃 능소화 진다 봉숭아 분꽃이 핀다
장마기 치맛자락에 바랜 쪽지 태우는 날
피고 진 육십 생애가 바다 위에 또 핀다

신양리 바위섬

시집간 굴뚝새 한 마리 주름 세며 와서는
옛 골목 옛 동산 동네 바퀴 돌아보다가
금채기 끝난 바다에 깃을 하나 보탠다

때마침 검정콩알 콩알콩알거리는 바다
'아꼬시' 불턱 자리 오십 년의 그 자리에
칸나 꽃 물질 마치고 불을 쬐고 있구나

신양리 바위섬 구멍 숭숭 뚫을 때까지
바위보다 더 큰 짐 짊어지고 살아온 바다
일출봉 작은 여 위에 새 한 마리 앉았다

* 불턱: 해녀들이 물질하다가 언 몸을 녹이기 위해 불을 쬐는, 바닷가에 바람막이
  돌담으로 에워싼 곳.

꽁치 다섯 마리

중학교 졸업하고 시내 유학 떠나던 날
몸뻬 차림 서너 시간 합격 소식 기다리시던…
사십 년 내 생의 절반은 울 엄마의 몫인 거

건입동 자취생 방에 어머니 다녀가신 날
꽁치 다섯 마리 반찬 사고 오시던 날
자취생 쥐 녀석들이 빈 냄비만 남겼지

그때부터 지금까지 비늘 파득거리는 게
꽁치 다섯 마리 가슴속에서 살았구나
어쩌면 서른다섯 해 태평양을 풀었구나

일학년 겨우 마쳐 전학증을 끊었던 게
숙희네 집 춘희네 집 차비 빌러 다니던 바다
이 사연 공소시효가 내일모레 또 글피…

서울에 미역줄 달고

탯줄 검게 말린 것이 지렁이뿐이더냐
미역 검게 말려놓고 종이 끈 단을 매어
육지 갈 딸아이 가방에 바다 실어 보낸다

바람은 곧 밥이요 바다가 집안이라는
사랑하는 부모형제 제주 땅이 고향이라
제주산 가슴 가득히 고향 파도 소린 걸

바다의 자맥질에 육지 생활 스며들어
바다풀 싹 솟아나듯 두 손 모아 피어나듯
신양리 섭지 바다에 봄바람이 치더라

작았다가 커졌다가 물안경에 비친 얼굴
물속에서 펼쳐지는 남편 얼굴 자식 얼굴
신양리 바닷속으로 살림 망사리 푼단다

유월 바다

떠나온 지 사십 년에 달려갈 사십 년을
오늘도 발길을 돌려 그 바다로 향한 사연
일출봉 휘감은 해무가 오도 가도 못 한다

쉰 머리 푸는 것이 저들만은 아닌 듯이
언덕배기 삘기 식구 하얀 속내 터는 유월
쪼르르 달려온 파도에 발길질이 채인다

신발 양손 벗어들고 모래밭길 걷는 길
줄줄이 딸려오는 억겁의 인연을 떼며
소소한 일상을 펴는 파도 앞에 서 있다

비파 익을 때

수유기 젖몸살이 호사스러우신지요
흑갈색 젖꼭지에 앞 고름 열어두고
어머니 젖무덤 닮아 칠월 볕에 마르셔

오월의 고운 햇살 볼 살 피운 서울 손녀
엊그제 하늘에 대고 부비부비 하더이다
카톡 방 카톡 카카톡 젖 내음이 폴폴해

일찍 하루 시작해도 남는 시간이 없는
우연히 마주친 수선집의 패기처럼
팔십 생 어머니 걸음이 또 바다에 떠 있다

부처님 오신 날에

육십 년 무탈 물질 이 또한 자비였네
해수관음상이 쓰다듬는 바다의 손길
어머니 바다에 가신 날
따라
두 손 모았다

"요왕에 치들엄시민 공이 저만 온댄 헤라"
해수 관음상에 불전 올려 비는 마음
신양리 물질 바당이
부처 얼굴
이더라

2016년 5월 14일, 초파일

어머니 바다

어쩌면 고향 바다는 어머니의 공부방
일주일에 한 번씩 걸려오는 안부 전화
"고마왕, 착헌 조식덜 바당 앞에 자랑해"

맵고 짜고 알싸한 맛 바다 맛 곰삭은 맛
파김치 한 통 들고 친정집엘 다녀왔다
어머니 두 눈 속에서 파도 출렁하더라

조팝꽃 필 때

휘이잉 휘이잉 고향 파도 우네요
마당에 조팝꽃이 하얀 물결치네요
성산포 어머니 바다 출렁출렁하네요

부모 되고 보니 꽃만 봐도 아프네요
눈물방울 하얀 결이 천 겹 만 겹 배었네요
초파일 축원 등불을 이 꽃에다 걸어요

딸 아들 등 옆으로 부모님 등 달았어요
보통 사람 사는 듯이 큰 걱정 없으시라고
조팝꽃 가지가지에 공양 석 섬 올려요

바람이 휙 지나요 생채기 내고 가요
붙잡은 가지가지 눈물 자락 흘리네요
또르르 하얀 울음을 손등으로 받아요

오월엔 꽃들도 불심들이 가득해요

섭지 바당 파도 타고 불전 봉투 보내오신

성산포 고향 바다가 마당에 와 펴네요

멜 장수

"메~엘 삽써! 멜 사!" 골목에서 부르는 소리
하던 일 멈추고 맨발 따라나서지만
소리는 간 곳이 없고 보리 가득 피었네

보리 철 오월에는 바다에도 보리 핀다
새벽녘 섬에 갇혀 채 못 나간 아이처럼
멜 비늘 은 비늘 털며 가방끈을 내리네

섬이면 어떠하리 뭍이면 어떠하리
몸 섞고 마음 섞고 그냥저냥 사는 것을
저녁엔 아들 내외가 꽃을 사고 온다네

오늘은 어버이날 부모란 무엇일까
이 생각 저 생각 글을 쓰고 있는데
때마침 걸려온 전화 아버지의 목소리

고맙다 고맙다시며 먼저 안부 전한다
부모란 이런 거야 오직 자식 걱정인 걸
"개 팝서!" 개장수 소리가 골목 빠져나가네

* 멜: 멸치.

휘파람새 3

"혜영아 촐리라 미역해치 가살 거여"
"테왁에 망사리 호미 비창 담아 노곡"
"구덕에 골채기 꼴곡 혼저혼저 촐리라"

"고사리 안날 땐 매역도 엇덴 헤라"
"혼저혼저 촐려사 하영하영 헐거 아냐"
"쏠 사곡 공책도 사곡 조무라사 허느녜"

"바작 지라 구덕 지라 애기 보라 매역 널라"
호이 호이 숨비소리 매역 해치 가는 소리
사월엔 휘파람새의 숨비소리 바쁘다

* 골채기: 삼태기.
* 조물다: 캐다, 채취하다.
* 바작: 발채(짐을 싣기 위하여 지게에 얹는 소쿠리 모양의 물건).

신양리 귀뚜라미

열여덟 울음소리가 창밖에서 들려온다
취직 못 해 열흘 밤을 속으로만 흐느끼던
신양리 해녀의 딸이
밤만 되면 울었지

사십 년 흘려보내고 밖을 향해 우는 나여
"시란 그런 거였어, 시란 내게 그런 거였어"
목젖이 빨개지도록
귀뚜라미 운단다

가을비

일상의 파도들의 겹겹이 와 눕습니다

서울 딸네 집에 산후조리 건너온 자리

가을비 내 곁에 와서 발소리를 낮춥니다

서울에 펼친 바다

딸집에 올라올 때
바다 한 가방 싸고 왔다

제주산 갈치, 미역, 옥돔, 문어, 전복, 젓갈

출산 후 산후조리에
고향 바다
풀었다

돌아온 휘파람새

며칠째 아픈 머리 그 이유를 알았네라
손은 뒷짐 지고 머리로만 밤을 지새운
휘파람 불며 온 그가 나를 세워 앉히네

휘이익 휘이익 울 어머니 숨비소리
달그락 짹짹 컹컹 아침 섞여 온 소리
올해 첫 휘파람새가 귓등까지 와 있네

쑥부쟁이의 노래

시 한 줄 받기 위해
노을빛이 저랬었나

꽃 한 송이 피우기 위해
울렁이다 잠든 바다

섭지 곶 선돌 바위에
쑥부쟁이
피었다

삼장 육구 내재율로 넘실대는
어머니의 바다
- 고혜영 시조집 『미역 짐 지고 오신 바다』를 중심으로

고정국 시인

어머니의 바다

시인은 자기를 포함한 모든 대상을 거울로 바라보는 사람입니다. 그 거울은 바늘귀처럼 작게 비추다가 때로는 바다만 한 크기로 변화하고 때로는 굴절된 시각으로 우리의 내면을 비추며, 외면의 세계를 다시 내면의 세계로 끌어들이면서 우리의 과거 현재 미래를 더듬어보게도 합니다.

누이야, 어머니가 한 방울 눈물 속에 바다를 키우는 뜻을/아느냐, 바늘귀에 실을 꿰시는/한반도의 슬픔을, 바늘구멍으로/내다보면 땀 냄새로 열리는 세상/어머니의 눈동자를 찬찬히 올려다보아라/그곳에도 바다가 있어 바다를 키우는 뜻이 있어/어둠과 빛이 있어 바다 속/그 뜻의 언저리에 다가갔을 때 밀려갔다/밀려오는 일상의 모습이며 어머니가 짜고 있는 하늘을.//제주사람이 아니고는 진짜 제주바다를 알 수 없다//누이야, 바람 부는 날 바다로 나가서 5월 보리이랑/일렁이는 바다를 보라

— 문충성의 『濟州바다』에서

제주도라는 특정한 공간에서 발육된 시인의 눈에는 바다가 있습니다. 더구나 해녀인 어머니의 눈시울에 고여 있는 바다가 어느새 바늘구멍으로 뚫리면서 그 바늘구멍을 통해 한반도를 보고 더 나아가 이 땅의 역사와 슬픔의 근원을 캐내고 있습니다. 제주바다가 품고 있는 잘디잔 빛들을 모아 하늘을 짜고 있는 어머니의 삶…, 그래서 "누이야, 어머니가 한 방울 눈물 속에 바다를 키우는 뜻을 아느냐?"고 질문을 던지는 제주문단의 원로

문충성 시인(2018년 11월 작고)의 물음표를 우리 후배들이 건네받습니다.

이처럼 제주에서 문학하는 모든 사람들은 바다에서 영적·육적인 체험에서 남다른 빛깔과 음성이 있기 마련입니다. 그렇지만, '바다'라는 공간은 단순히 시각적인 체험만으로는 그 본질에 대한 이해가 한계에 머물 수밖에 없습니다. 제주사람들의 경우, 일제 식민지를 거쳐 4·3에서 한국전쟁을 거치는 동안의 목숨 부지를 위해 돌아설 곳이라곤 제주특유의 '식은 땅(화산회토)'과 바다뿐이었습니다.

우리가 흔히 '생업生業'이라 할 때의 '生'은 곧 '목숨'을 뜻합니다. 오늘 고혜영 시인이 만나고자 하는 바다는 해수욕이나 낚시 등의 관광 차원이 아닙니다. 더구나 김순이 시인이 노래한 "제주바다는 소리쳐 울 때 아름답다"라는 낭만의 바다도 아닙니다. 바로 "숨비역 숨 ㅈㅈ허"는 5, 60년대 바다, 바로 어머니의 바다입니다.

휘파람과 쌍돛대

멀리서 바라보면 지옥도 천당처럼 보입니다. 강 건너 불을 보면 불난 집이 꽃송이 같습니다. 불후의 명곡 남인수의 〈서귀포 칠십리〉에 "휘파람도 그리워라 쌍돛대도 그리워"라는 노랫말이 있습니다. 이 노래에 실리는 '휘파람'과 '쌍돛대'는 자칫 아름다운 서귀포 풍광으로 오해할지 모릅니다. 해녀들이 바다 한가운데서 내뿜는 '숨비소리'를 휘파람소리로 표기하고 있습니다. 그러나 휘파람소리와 숨비소리는 하늘과 땅만큼의 거리가 있습니다. 해녀들이 열길 물속까지 들어가 바위틈을 뒤지면서 해산물을 따고, 물 위로 솟구칠 때까지 적어도 2분 가까이 숨을 참아야 합니다. 거의 심폐기능이 정지하기 직전까지 참았다가 터뜨리는 폭발성 숨소리가 바로 '숨비소리'입니다. 여기에 "저승길은 조반 전 길이여"라는 뼈아픈 제주민요 노랫말이 자연스럽게 흘러나오게 된 것입니다.

"눈으로 하늘을 볼 땐 여자, 궁둥이로 하늘을 볼 땐 해녀"라고 우도 토박이 강영수 시인이 노래했습니다. 해녀들 자맥질의 순서에서 비롯된 말 같습니다. 자맥질 순서에서 상체를 물속으로 향할 때 엉덩이가 물 위로 솟습니다. 뒤이어 양쪽 다리를 수면 위로 세워 물의 저항을 최소한으로 줄이면서 물속으로 들어갈 수 있습니다. 이때 물 위로 솟아오른 양쪽 다리를 쌍돛대라 한 것입니다. 필자의 어머니도 해녀셨기에, 당시 삶의 어려움을 한마디로 "숨비역, 숨 ㄱㄱ허멍"이라 표현하시던 어머니의 한숨 섞인 푸념을 떠올려봅니다.

> 흰 적삼 흰 수건 테왁 망사리 어깨에 메고
> 신양리 해녀들이 미역 해치 가는구나
> "들라~ 땅!" 호각소리에 바닷길을 달리며
>
> 까만 돌 까만 바위 해녀 꽃 피는 바다
> 와자자 바다에 들면 숨비소리 피는 바다
> "호호이!" 섭지 바당이 휘파람을 분단다
>
> 밭에는 보리 익고 해녀 가슴엔 사랑이 익고
> 바다엔 꽃들이 피고 해녀 가슴엔 눈물이 피고
> 하얗게 업개 머리에 찔레꽃도 피었지
>
> -「마늘꽃 - 그때 그 섭지 바다」 전문

테왁 망사리, 메역허치, 업개 등은 50년대 제주 해안 마을 사람들의 일상어였습니다. 보리 익을 무렵이면 자랄 만큼 자란 바닷속의 미역도 채취할 때를 맞습니다. 마을에서는 미역채취 기간을 따로 정하고, 그 마을에 거주하는 해녀들에 한해서 같은 날에 '메역허치'를 합니다. 여기 고혜영 시인이 이때의 '메역허치' 현장을 시조의 형식에 맞춰 그려놓고 있습니다.

이 작품 가운데 "들라 땅!" 시어가 유난히 눈에 띕니다. "까만 돌 까만 바위 해녀 꽃 피는 바다" 물적삼, 물수건을 착용한 해녀들이 맨발인 채 마치 갈매기 떼처럼 썰물 직전의 물가에서 대기 중입니다. 이때 마을 이장이나 어촌계장이 "들라-땅 !" 하면서 신호를 알리는 순간, 숨죽여 기다리던 온 마을 해녀들이 일제히 날카로운 바위 위를 맨발로 달려갑니다. 말 그대로 생존경쟁의 현장입니다. 여기에 "들라-땅!" 하는 신호는 물에 들어도 좋다는 의미입니다. 이때가 바로 썰물이 시작되는 시간입니다. 썰물에는 힘 들이지 않고도 갯가에서 멀리 깊은 곳까지 헤엄쳐 나갈 수가 있습니다. 잠시 후, "와자자 바다에 들면 숨비소리 피는 바다" "호호이 어억" 하는 숨비소리가 들리면서 물 위로 여기저기 '쌍돛대'가 솟습니다. 그리고 망사리 가득 미역을 채울 무렵이면 밀물이 시작됩니다. 비로소 전신에 힘이 다 빠져버린 해녀들을 바다가 물가로 밀어줍니다. 이때야말로 바다와 해녀, 자연과 인간이 하나가 되는 장면이 자연스레 연출되는 시간입니다.

이 광경을 물가에서 바라보는 한 단발머리 여자아이가 있었습니다. 바로 제 동생을 등에 업고 서서 미역망사리 등에 메고 올라오는 어머니를 기다리던 성산포 신양마을 포구의 고혜영이었습니다. "하얗게 업개 머리에 찔레꽃도 피었지" '업개'는 곧 아기를 등에 업고 집안 시중을 돕는 '아기업개' 즉 '아기보기'입니다. 50년 전의 현장을 생생하게 기억하면서 당시 삶을 담담한 어조로 노래하고 있습니다. 세월은 이처럼 아픔을 아름다움으로 돌려세우는 힘이 있나 봅니다.

대표적인 제주 전설 중에 '영등할망' 이야기가 있습니다. 옛날 한 포목장수가 제주도로 들어오다가 비양도 근처에서 태풍을 만나 죽었는데, 그 시체가 조각나 머리는 협재, 몸통은 명월, 손발은 고내와 애월에 떠밀려 와 영등신이 되었다고도 합니다. 그 영등할망은 영등달인 음력 2월 1일에 한림읍 귀덕리로 입도하여 2월 15일 우도를 통해 제주를 떠난다고 하여, 제주에 머무는 동안 섬

이곳저곳을 돌아다니며 소라와 전복·미역 등 해산물을
증식시켜 주었다고 합니다.

"이월 초 영등할망 귀덕으로 들어오랑"
"보름 있당 나갈 땐 소섬으로 간댄 헌다"
바다도 속을 비울 땐
가슴 탕탕 치는 걸

"영등할망 나가 불민 보말 번찍 성게 번찍"
"해녀 어멍 밭고랑에 한 걸 허게 앚을 때쯤"
곧 아흔 바닷속에도
영등배가 떠난다

- 「바다도 속을 비울 땐」 전문

영등이 제주에 머무르는 기간 동안 해안가 마을에서
는 영등굿을 치르는데, 이때 해녀들의 안전조업과 채취
하는 해산물의 풍년을 기원합니다. 영등기간이 끝나갈
때쯤 비가 오기도 하는데, 이를 영등의 눈물이라고 하고,
이 무렵에 부는 모질고 차가운 바람을 '영등바람'이라고

한답니다.

어멍, 아방, 할망, 하르방, 바당, 오랑, 있당, 가당 등등의 제주 특유의 어법에도 음절 하나씩 생략해내는, 어쩌면 '조냥정신'이 숨어 있는 것 같습니다. 그리고 '조냥'이란 말은 곧 생존과 직결돼 있음을 알 수 있습니다. 그리고 '생존'이란 말은 '척박함'이라는 환경적 요인이 담겨 있습니다.

누님들의 흑백초상

당시 젊은 해녀들은 여름 한철 경상남북도 해안지방이나 도서지방 원정에서 물질을 하고 돌아오곤 했습니다. 필자의 어머니와 누나들도 해녀였습니다. 6개월 정도 육지에 갔다 오면 우선 누나의 말씨에는 "온나" 또는 "하이소" 등등의 경상도 사투리가 섞여있었습니다. 그리고 육지에서 돌아온 후 한참 동안은 누나 또래의 친구들이 집에 자주 찾아오곤 했습니다. 그 이유가 바로 육지문화를 귀동냥하고 특히 그곳에 유행하던, 유행가(대중가요)를 배우기 위함이었습니다. 석유등잔 곁으로 둘러앉아 종이쪽지에 유행가 가사를 나누어 적고 누나가 선창하면 뒤따라 부르면서 노래를 익혔습니다. 그것이 당시 제주농어촌 모든 누님들의 초상이며 이러한 문화의 통로에서 그녀들은 육지문화와 유행가를 배웠습니다.

"저승 질(길)은 조반 전 질(길)이여"라는 말이 물속에 들어가 숨을 참고 작업하는 그 자체가 이승과 저승이 오락가락한다는 의미로 들립니다. 숨비, 숨비역, 숨 ᄀᆞᆺ 등의 낱말에서 '숨'이란 음절은 곧바로 목숨이 담보되어 있기 마련입니다. 그런데 여기, "갯마을에 살면서도 헤엄 한 번 친 적이 없는" 고혜영의 트라우마가 있습니다.

갓 돌 지난 애기구덕 모래 위에 남겨둔 채
물질 나간 망사리 따라 물에 빠진 옛이야기
어머니 소 울음으로
따라 울던 바다야

오십 년 지나도록 그 바다 무서워라
갯마을에 살면서도 헤엄 한 번 친 적 없는
바다의 트라우마를
이제서야 알겠네

기장 산 멸치만 봐도 물빛 글 빛 글썽이고

오후 5시 부산행 기차 태어난 時라네

울 엄마 가슴 바다에

젓갈 냄새 비릿해

- 「바다의 트라우마」 전문

　경상남도 기장과 밀포는 예로부터 제주해녀 원정물
질의 고장이었습니다. 경상도 기장까지 원정물질을 나
갔다가, 바다에 제 자식을 잃을 뻔했다는 어머니의 이야
기를 듣고부터였습니다. 갓 돌을 넘긴 아기를 물가에 둔
채 물속에 들어가 전복을 잡는 어미를 따라 바다로 기
어가다가 물에 빠져 허우적거리는 아기를 껴안고 '소 울
음'을 울었다는 어머니의 피눈물 섞인 이야기를 고혜영
의 시를 통해 읽습니다. "기장 산 멸치만 봐도 물빛 글빛
글썽"인다는 '바다의 트라우마'가 고혜영 시인의 개인적
아픔만이 아닌, 바다에 생명을 걸었던 제주의 전 해녀의
이야기처럼 들려옵니다.

　카네이션 가슴에 달고 바다로 나가셨을

바다도 파란 가슴에 하늘빛 꽃 다셨을

바다랑 하늘 식구랑 마주 앉아 계실 거

바다야 파도야 형제 이름 부르면서

4·3에 스러져간 오빠 이름 부르면서

일출봉 '터진목' 모래 사각사각 쓸면서

나도 부모 너도 부모 삼대가 부모 모여

이틀 전 식구들과 점심 한 끼 하였다네

그보다 바다가 좋아 바다로 간 어머니

"호오익 호오익" 숨비소리 생의 소리

보리 철 골목길에 휘파람새 오는 소리

칠십 년 물질의 삶이 휘파람을 부르네

빨래를 널다 말고 힐끗 뒤를 돌아봐도

고향 바다 어머니 바다 올레 길을 저어 와서

아흔의 망사리 짐을 마당에 와 푸는걸

– 「어버이날 – 휘파람새 2」 부분

제주 휘파람새는 맨 먼저 인가 가까이 찾아와 봄의 개막을 알립니다. 그리고 봄이 저물 무렵까지 아침저녁 안부처럼 지저귑니다. 어쩌면 그 울음소리에 해녀들 숨비소리가 절반쯤은 섞여 있는 듯 고우면서도 슬픔이 섞여 있습니다. 시인의 생활시조와 같은 「어버이날 - 휘파람새 2」는 문학작품이라기보다 한 폭의 수채화로 읽는 이의 가슴에 와 안기고 있습니다. 시나 시조는 그 특성상 작품을 해체하고 분석하는 장르가 아닌, 그냥 한잔의 와인처럼 감성으로 느끼는 장르라는 것임을 이 작품을 통해 체험하는 것 같습니다.

"내 귀는 소라 껍데기"

이 시집 작품들 중에 쑥부쟁이와 순비기 꽃 등 꽃을 소재로 한 시조들이 있습니다. 여름부터 가을까지 바닷가에 찾아와 피는 꽃들입니다. 이 두 가지 꽃잎은 반은 하늘색 그 절반은 바다색입니다. 또한 이들 두 종의 식물은 키가 낮다는 점입니다. 바닷가에서만큼은 키를 낮춰야 생존할 수 있다는 저들만의 생존방식이 작품에서 읽힙니다.

성산 일출봉과 알맞은 거리를 두고 섭지코지가 있는 마을이 바로 고혜영 시인이 태어난 신양 마을입니다. 어린 시절 어린이들 놀이 현장에도 곧잘 소라껍데기 등의 어패류 껍데기가 등장합니다. 특히 소라껍데기는 나팔의 역할과 귀의 역할을 했습니다. 이 작품을 읽으면서 문득 "내 귀는 소라 껍질, 바다의 파도소리를 그리워한다"라는 프랑스의 화가 장 꼭또의 시 「귀」를 떠올리면서, 기성세대의 질서를 전면적으로 거부하며 작품 한곳에 몰입하며 만들어냈다는 10대 두 남매의 이야기가 되살아나기도 했습니다.

좋은 시 또는 시조에는 이처럼 한 편의 소설이 있습니다. 이 두 편의 작품을 읽으면서 50년 전 신양리 마을에서 자라나는 고혜영 또래의 맑은 눈과 목소리에서 울려오는 파도 소리와 바람 소리를 듣습니다.

바다에선 파도 소리
뭍에서는 바람 소리

신양리 아이들은
소라껍데기 귀를 열고…

보라색 작은 배꼽을

하늘 향해

열었다

— 「성산포 쑥부쟁이」 전문

쑥부쟁이가 고혜영이라면 이어지는 작품 「순비기 꽃」
은 어머니 형상으로 읽힙니다. "내 고향 섭지바당엔 / 앉
은뱅이뿐이더라"라고.

앉아서 엉치로 기는

울 어머니 닮은 꽃들

하늬바람 멍으로 피운

쑥부쟁이, 순부기 꽃

내 고향 섭지바당엔

앉은뱅이뿐이더라

— 「순비기 꽃」 전문

아버지 조반상에
바다 한쪽을 불러 앉혀

아침저녁 어두걱 볼각
팔십 생의 섭지바당

한겨울 순비기 닮은
그 생애가 보인다

- 「순비기 생애」 전문

　가끔 출장취재 등의 핑계로 육지시골을 찾는 경우가
있었습니다. 이때 허름한 시골 버스터미널 의자에 앉아,
시대의 아픔을 이겨내며 살아오신 연세 드신 분들의 뒷
모습을 읽습니다. 굳이 새삼스러운 건 아니지만, 그 터
미널이 농어촌에 가까울수록 그분들의 걸음걸이가 거
의 비슷하다는 점입니다. 바로 젊어서 몸을 아끼지 않
고 가족들을 낳고 키워온 노고가 그들의 걸음걸이에 나
타난답니다. 여기에, "앉아서 엉치(엉덩이)로 기는 울 어머
니 닮은 꽃들" 구순에 접어든 시인의 어머니가 실내에서

는 거의 엉치를 바닥에 끌면서 옮겨 간다는 내용, 그리고
"아침저녁 어두걱 볼각(어두웠다가 밝았다가) 팔십 생의 섭지
바당"이라며 부모님 삶의 고해(苦海)를 고향 바다처럼 펼
쳐놓고 있습니다.

　　　삼월 바다가 마당 밖에 와 눕습니다
　　　미역 향 망사리 가득 등짐으로 실려 온 봄
　　　청보리 가득한 이랑 손이 동동 시린 날

　　　봄이면 바다에도 보릿고개 있답니다
　　　영등할망 다녀가신 저승길 바닷길 건너
　　　연둣빛 이랑이랑에 봄 파종을 합니다

　　　어머니 좌판에는 미역 줄기 오릅니다
　　　햇살 먹은 한라봉 그 옆에 와 앉습니다
　　　바다도 손을 거들며 봄 농사를 짓습니다

　　　　　　　　　　－「파도가 지난 자리」 전문

고혜영의 시에서는 삼장 육구의 정형률로 출렁이는 제주바다가 고스란히 담겨있습니다. 그리고 삼월 어느 날 그 바다가 시인의 마당에 따라와 "연둣빛 이랑"을 펼치고 있습니다. 여기에서도 시적 대상과 주제의식을 절묘하게 마주 불러 세웁니다. '보릿고개'라는 어둠의 터널을 뚫고 그 이랑에 봄을 파종하고 있습니다. '출렁거림'이란 살아있음의 언어입니다. 이처럼 시조라는 장르는 8백 년의 역사를 관류하면서 시대마다 우리 역사의 아픔을 삼장 육구의 리듬으로 맥을 이어왔습니다.

바람이 곧 밥이요 탁 트인 바다가 집안이래
해남으로 물질 가신 고모님의 안부 전화
장마기 전화선 타고 자맥질을 하신다

삼십 년 육지 살이 남는 것은 몸뿐이래
혼백 상자 등에 지고 파도를 밥으로 먹는
오달진 삶 끝자락에 조카 이름 부른다

거친 물결 시달리며 미역처럼 사셨을 거
물속 깊은 세월에 가까스로 뿌리내린

고모님 파마머리가 미역귀를 닮았다

- 「고모님의 헤어스타일」 전문

이번엔 전라남도 해남에 원정물질 가셨다가 "혼백 상자 등에 지고 파도를 밥으로 먹는" 고모님의 사연을 읽습니다. "거친 물결 시달리며 미역처럼 사셨을" 사연을 "고모님 파마머리가 미역귀를 닮았다"로 풀어내고 있습니다.

예나 지금이나 농어촌에 가서 보면 중년 넘긴 여인에서 할머니에 이르기까지 마치 약속이라도 한 듯, 거의 파마머리 헤어스타일을 하고 있습니다. 그런데 여기 "미역귀"라는 낱말이 무척이나 반갑게 들립니다. 미역귀란 미역이라는 해초가 바닷속 돌 위에다 뿌리와 줄기를 연결 지으면서 광합성 작용으로 생성된 영양분을 저장하는 기관이 아닐까 싶습니다. 그 생김새가 꼬들꼬들 파마머리 같습니다.

해녀들이 작업을 마치고 뭍으로 나왔을 때 추위를 녹이기 위해 불을 피우는데 이 장소를 '불턱'이라 합니다. 이때 미역귀를 따서 불턱 모닥불에 구워 먹었던 기억을 되살려봅니다. 미역귀를 불턱 불꽃에 살짝 익히면, 갈색이었던 미역귀가 싱싱한 초록으로 변하고 여기에 다시 불턱 연기가 스며들어 이때 모닥불에 익힌 미역귀에서 제주의 또 다른 맛, 훈제燻製 미역귀 맛이 아닐까 싶습니다. 그리고 여기, "오달진 삶 끝자락"에서도 잊지 않고 조카 시인의 이름을 불러주는 인자한 고모님 파마머리를 떠올려봅니다.

기억은 머리에서 떠오르고 추억은 가슴에서 살아있는 것 같습니다. 여기에 쓰인 작품들을 살펴보면, 작품이란 의지가 아닌, 애정의 소산임을 알 수 있습니다. 이미 50년 전에 들었던 파도 소리, 그 파도 사이로 들려오는 숨비소리, 어머니가 나를 부르시던 목소리, 거센 파도를 진정시켜주던 바닷가 바위 또는 빌레들 그리고 어머니가 물속에서 건져 올리는 소라, 성게, 미역 등이 기억에서 지워지지 않고 가슴속에서 펄펄 살아 있었던 것 같습니다.

인류무형문화유산 유네스코 등재

해녀박물관 통계자료를 보면 1970년대 14,143명인

해녀가 2019년 현재 3,820명이고 더구나 60대 이상이 3,409명(90%)에 이른다고 합니다. 이 자료만 보더라도 제주해녀의 미래를 장담하기 어렵습니다. 이런 상황에서 해녀이셨던 어머니를 문학의 중심에 세우고 더구나 시조로 노래하는 오늘의 고혜영 시인의 작품에서 남다른 애향심과 효심 그리고 시대정신을 읽을 수 있습니다.

해녀는 기계 장치 없이 맨몸으로 바닷속 10m까지 들어가 전복, 성게, 소라 미역 등 해산물을 채취하는 여성입니다. 한 번 잠수할 때 2분 넘게도 숨을 참으며, 하루에 4~5시간, 1년에 약 90일 정도 물질을 한답니다.

요즘에야 물속에 들어갈 때는 추위를 막아주는 잠수복(고무옷)에 오리발, 모자, 물안경, 장갑 그리고 깊이 잠수할 수 있게 돕는 납덩어리를 착용하지만, 50~70년대까지는 단순히 광목으로 만든 속옷(물소중이)과 물안경에다 테왁과 망사리, 호미, 작살(소살), 비창 등이 전부였습니다.

또한 해녀들은 경험과 숙련도에 따라 수심 10미터까지 들어가 작업하는 '상군'이 있는가 하면, 이제 갓 해녀 작업을 배우기 시작하는 톨파리(하군)라는 아기해녀가 있었습니다.

2016년, 비로소 제주의 어머니이자 강인함을 상징한

다는 의미에서, 유네스코는 오랜 세월 이어 온 제주해녀 문화의 가치와 보전의 필요성을 인정해 인류무형문화유산으로 등재했습니다. 거기에는 모름지기 바다를 단순히 채취의 대상이 아닌, 공존의 대상으로 인식하고, 수산물을 채취하며 경제의 주체로서 공동의 이익을 먼저 생각했던 공동체 정신이 스며있습니다. 이 시집 또한, 제주해녀만의 독특한 문화를 계승하기 위한 제주도의 지원 사업의 하나로 선정된 작품집이어서 그 의미가 남다르다 하겠습니다. 무엇보다 이 한 권의 시집에 구순을 살아오신 해녀, 즉 시인의 어머니의 시간과 공간을 깊이 있게 담아내고 있어서 읽는 이의 눈시울을 젖어들게 하고 있습니다. 인류무형문화유산 그 중심에 올해 아흔 살이신 송옥인 여사, 고혜영 시인의 어머님이 계십니다.

밤마다 머리맡에 파도 소리 들려온다
떠나 와 삼십여 년 까마득한 호흡 소리
어느새 흰머리 풀며
물장구를 쳐댄다

나는 떠나와도 바다는 그냥 있네

아침저녁 "애야 애야" 날 부르는 소리

나 잠시 그곳에 들러

빌레 위에 앉고 싶다

그 빌레 그 아래로 소라 성게 몸을 풀고

미역이랑 파래랑 물결 따라 춤을 추는

이제 와 돌이켜보니

나도 해초였구나!

- 「나도 해초였구나」 전문

　농부든 어부든 또는 해녀이든 자연에 의지해서 생존을 유지해가는 사람들에게는 신체 어디엔가 동물적으로 발달된 고감도 안테나를 가지고 있기 마련입니다. 아침저녁으로 들려오는 해조음을 들으면서 오늘의 날씨를 예측했는가 하면, 한라산 단풍의 빛깔을 보면서 이듬해 풍흉을 예측했던 선조들의 지혜는 이처럼 자연이 건네는 하늘의 언어에 연유했음을 짐작할 수 있습니다. 육지에서보다 바다에서 더 큰 자유를 누리는 해녀들은 물결에 흔들거리는 해초들에게서 삶의 이치를 배웠는지 모릅니다. "이제 와 돌이켜보니 나도 해초였구나"라는 시적 진술이 마치 썰·밀물에 흔들리는 봄바다 미역 송이의 언어를 듣는 것 같습니다. 이처럼 시인은 고향과 가족과 바다 그리고 유년기의 체험 등을 시인 특유의 자산으로 떠올리면서 바닷속의 복잡한 생물들의 표정이나 이름들을 하나하나 떠올리고 있습니다.

시조時調는 말 그대로 그 시대의 노래입니다. 한 생을 바다에 몸 담그고 살아오신 어머니의 삶의 모습이나 마음가짐은 또 하나 바로 어머니의 바다로 시인의 가슴에 넘실거리고 있습니다. 바로 그곳에서 또 하나 진주 빛 시어詩語를 건져 올리는 작업이야말로 고혜영 시인의 남다른 시업의 근거인 셈입니다.

성산읍 신양리가 시인의 고향이듯 제주시인들 시의 본향도 바다입니다. 그 원시적 바다 냄새 속에 원시적 사람 냄새를 찾아내는 것이 인간 본연의 자유의 원형질일지도 모릅니다. 그것은 비로소 물속에 들어서야 오히려 더 자유와 기쁨을 누리는 해녀들의 속마음 같은 것입니다.

시 한 줄 받기 위해

노을빛이 저랬었나

꽃 한 송이 피우기 위해

울렁이다 잠든 바다

섭지 곳 선돌 바위에

쑥부쟁이

피었다

- 「쑥부쟁이의 노래」 전문

바다를 보면 마치 사람의 얼굴을 보는 것 같습니다.
어머니 얼굴, 아버지 얼굴, 외로운 얼굴, 배고픈 얼굴, 분
노의 얼굴, 사랑하는 얼굴, 탐욕의 얼굴, 버림받은 얼굴,
어린이 얼굴, 늙은이 얼굴 등등 마음 상태에 따라 눈앞
에 펼쳐지는 바다 표정이 참으로 인간적임을 알 수 있습
니다. 그 얼굴 속에는 빛깔 짙은 언어들이 살아 있습니
다. "섭지 곳 선돌바위에 쑥부쟁이 피었다" 이 쑥부쟁이
꽃 속에는 하늘 빛 바다 빛이 절반씩 섞여 있으면서 시

조의 곡조를 통해 읽는 우리들에게 자연의 언어를 전해 주고 있습니다. 그래서 제주 시인들은 바다 앞에만 서면 아가미와 지느러미가 벌름거리기 시작합니다. 바다가 이처럼 문학의 해방구이면서 또 하나 방황의 시발점이라 했을 때, 사시사철 제주 바다라는 허용치 안에서 자맥질해야 하는 고혜영 시인의 시어에는 남다른 애향심과 가족애가 있습니다. 어머니가 섭지코지 물밑으로 들어가 바위 밑을 샅샅이 뒤지며 자연의 선물을 찾아냈듯이, 이제 그 여식인 고혜영 시인이 대를 이어 세상 바다에서 진주 빛 시조의 자맥질이 한창입니다.

—

작품 해설의 제의를 받고 몇 차례 고사를 했습니다. 문학을 전공하지 않았던 저로서 남의 작품을 평가하고 해설을 쓸 입장이 아니기 때문입니다. 그런데 엎친 데 덮친 격, 이 해설만큼은 제주해녀들이 다 읽고 이해할 수 있도록 '아주 쉽게 써'달라는 주문을 덧붙이는 고혜영 시인의 요구는 마음 약한 필자에게는 거의 강압에 가까운 것이었습니다.

시조 창작의 현장체험에서 느끼는 점이 있다면, 시조는 쓰는 것에 앞서 읽는 법을 배워야 한다는 생각입니다. 읽는 데도 시의 코드, 시조의 코드 그리고 산문의 코드가 있습니다. 특히 시조만큼은 삼장 육구 열두 음보라는 정형의 틀을 벗어나버리면 의미 전달이 막혀버립니다. 일부 문학한다는 사람들조차도 음보 개념 없이 시조를 읽으면서 "무슨 말인지 잘 모른다."고 합니다. 그래서 시조집은 반드시 소리 내어 읽을 것을 권합니다. 옛날 학교에서 배웠던 양사언의 「태산이 높다하되」나 정몽주의 「단심가」, 황진이의 「청산리 벽계수야」 등을 외듯이 그 음보에 맞춰 소리 내어 읽노라면 저절로 시조의 매력과 맛깔을 느끼게 될 것입니다. 우리가 옛날 배웠던 고시조들은 성리학에 바탕을 둔 선조들의 훈육적인 작품들이라면, 고혜영 시인이 쓰는 현대시조는 옛 고시조의 틀은 그대로 유지하면서, 현대적 언어에다 예술성과 음악성이 가미됐다는 점입니다.

그렇다면 여기에서 이 시집의 표제작인 「미역 짐 지고 오신 바다」를 소리 내어 읽으면서 해설의 격에 많이 모자란 졸필을 마치도록 하겠습니다.

새벽부터 미역 짐 지고 큰딸 집에 오신 바다
여섯 시 삼십 분 출발 버스 타고 오신 바다
팔십 생 바다 양식을
툇마루에 내린다

내일이면 어버이날 미리 챙겨 오신 바다
일 년에 꼭 한 번은 대접받고 싶다시는…
몇 날을 바다에 나가
미역 줄기 땄을 거

어머니의 바다 밭은 일곱 식솔 창고란다

126

소라전복미역 따서 자식 공부시킨 바다

성산포 섭지 바당에

노을빛이 더 붉다

　이 시조를 읽으면서, 어찌 보면 어머니란 존재는 딸자
식의 미래적 거울이고, 딸자식은 어머니의 과거적 거울
이 아닐까 하는 생각이 들었습니다. 어머니 송옥인 여사
님과 딸 고혜영 시인 사이에서 넘실대는 신양마을 섭지
바다 노을이 한층 더 붉은 이유를 조금은 알 것만 같습
니다. 고맙습니다.

2020년 8월 20일

소안도 달 뜨는 집에서

미역 짐 지고 오신 바다

2020년 11월 5일 초판 1쇄 발행

지은이   고혜영
펴낸이   김영훈
편집   김지희
디자인   이지은, 사이시옷, 부건영
펴낸곳   한그루
          제주특별자치도 제주시 복지로1길 21
          전화 064-723-7580   전송 064-753-7580
          전자우편 onetreebook@daum.net 누리방 onetreebook.com

ISBN 979-11-90482-30-1 (03810)

이 도서의 국립중앙도서관 출판예정도서목록(CIP)은 서지정보유통지원시스템 홈페이지(http://seoji.nl.go.kr)와
국가자료공동목록시스템(http://www.nl.go.kr/kolisnet)에서 이용하실 수 있습니다.(CIP제어번호: CIP2020043528)

이 책은 제주특별자치도 해녀문화유산과, 제주문화예술재단의 2020년 해녀문화 우수예술창작
지원사업의 후원을 받아 발간되었습니다.

값 12,000원